Käthe Recheis

Sinopah und das Pony

Käthe Recheis

Sinopah und das Pony

mit Illustrationen
von
Astrid Krömer

KeRLE
bei Herder

Freiburg · Wien · Basel

Das Pony auf der Wiese

Das weiße scheckige Indianerpony weidete auf der Waldwiese. Der Wind strich über das Gras, es sah aus, als liefen kleine Schatten über die Halme und Blüten. Schatten oder kleine Tiere? Kleine seltsame Tiere?

Soyi sagte immer: „Es sind die Wolkentiere. Man darf nicht zu nahe hingehen. Man darf nicht nach ihnen greifen, sonst sind sie fort. Man darf ihnen nur zusehen."

Das scheckige Pony stand mitten unter den Wolkentieren, senkte den Kopf und tauchte die Nüstern ins Gras.

Sinopah wusste, es war das Pony, auf das er immer gewartet hatte. Er hatte von ihm geträumt, wie oft hatte er von ihm geträumt!

Abends im Zelt seiner Eltern, wenn das Feuer unter dem Kessel brannte und die Mutter das Essen austeilte, hatte er das Pony gesehen. Plötzlich war es durch die Zeltwände gesprungen. Mein Pony ist da, dachte er dann, aber niemand sieht es. Nur ich kann es sehen.

Und lief Sinopah über die Wiesen, so lief das Pony neben ihm, lag er auf einem Hügel, so kam es zu ihm. Sah er auf die Wolken am Himmel, so trabte es dort oben.

Aber Sinopahs Pony hatte Soyis kleinen seltsamen Tieren auf den Wiesen geglichen. Die Schwester sagte: „Man darf nicht nach ihnen greifen.“ Auch nach Sinopahs Pony hatte man nicht greifen dürfen. Nach diesem Pony aber durfte man greifen. Man könnte das Gesicht an seine Mähne legen und die Haare würden Sinopah in der Nase kitzeln. Es war kein Traumpferd. Es war ein wirkliches Pferd, ein weißes scheckiges Pony, ein Pferd wie alle Pferde im Lager der Indianer.

Und doch war es anders als sie alle. Sinopah hätte nicht sagen können, worin der Unterschied bestand. Das Pony auf der Wiese hatte kräftige Beine und einen starken Nacken, eine dicke Mähne und einen langen Schweif. Alle Indianerpferde hatten kräftige Beine und starke Nacken, dicke Mähnen und lange Schweife. Aber Sinopah wusste: Keiner im Lager besitzt ein Pferd, das diesem hier gleicht, meinem Pony.

Das Fell war weiß, mit braunen Flecken, dunkelbraunen und lichtbraunen. Sinopah ging einen Schritt näher. Das Pferd warf den Kopf hoch und stellte die Ohren auf.

Wie sanft und freundlich die Augen des Ponys waren! Und der weiße Schweif hing bis auf den Boden. Wie schön musste es sein, die

Hände in die dicke weiße Mähne zu graben. „Pony“, rief Sinopah leise, „Pony, mein Pony!“

Die Wiese war rings von hohen Bäumen umschlossen. In den Büschen flöteten und zirpten Vögel. Scheue Zaunkönige schlüpften durch die dicht belaubten Zweige. Sinopah war noch niemals hier gewesen.

Vor zwei Tagen erst hatten die Indianer ihr Zeltdorf aufgebaut. Sie waren lange durch die Prärie gewandert auf der Suche nach einem neuen Sommerlagerplatz. Jedes Jahr im Frühling wanderten Sinopahs Eltern und andere Familien der Schwarzfußindianer durch die Prärie. Sie brachen die Zelte ab, banden die Zeltstangen an ihre Pferde und ließen sie hinten nachschleifen. Zwischen den Stangen flochten sie ein Weidengeflecht und packten alles darauf, was sie besaßen.

Sie zogen über weite Wiesen und über grasbewachsene Hügel, vorbei an kleinen Wäldern, an Flüssen und Bächen. Falke und Habicht kreisten auf dem blauen großen

Himmel der Prärie. Auf den Wiesen weideten Büffel, Antilopen und Hirsche.

Sinopah liebte den Lagerplatz, den sich die Indianer für diesen Sommer gewählt hatten. Er lag zwischen zwei Hügeln an einem Bach. Sinopah brauchte nicht weit weg zu laufen, um geheime Winkel am dicht bewachsenen Ufer zu finden, wo keiner seiner Freunde ihn entdecken konnte, nicht einmal Soyi, die Schwester.

Es war nun zwar keineswegs so, dass Sinopah nicht mit seiner Schwester beisammen sein wollte. Sie spielten immer miteinander. Aber manchmal wollte Sinopah allein sein. Dann kam sein Traumpferd zu ihm.

Soyi konnte nicht verstehen, warum Sinopah immer davon redete. Wenn sie Lust hatte, hob sie der Vater auf eines seiner Pferde. Sinopah und Soyi durften reiten, so oft sie wollten. Und Soyi hatte ihre Puppen und den kleinen Bruder. Warum hätte sie von einem Pferd träumen sollen, das es nicht gab?

Sinopah hatte aber immer gewusst, dass sein Pony eines Tages zu ihm kommen würde, wenn er geduldig wartete. Und da stand es nun auf der Waldwiese.

Sinopah war froh, dass er in den Wald gelaufen war. Eigentlich hatte er nicht hineingehen wollen. Ihm war eine Geschichte eingefallen, die Ponoka, einer der Männer des Stammes, auf der Wanderung erzählt hatte. Sie waren damals an einem Wald vorübergezogen, der genauso ausgesehen hatte wie dieser, und Ponoka hatte gesagt: „Hier wollten mich Feinde gefangen nehmen und fortführen, als ich so alt war wie du, Sinopah."

Beinahe wäre Sinopah wegen dieser Geschichte nicht allein in den Wald gegangen. Wie gut war es, dass er es trotzdem getan hatte. Er hatte endlich sein Pony gefunden!

Sinopah wollte schon auf das kleine Pferd zulaufen, als er im Schatten der Bäume einen fremden Mann entdeckte.

Sinopah erschrak.

Es war ein alter Mann mit grauem, strähnigem Haar. Von dem gebeugten Rücken hing eine Decke aus Büffelleder auf die Erde. Sinopah konnte den alten Mann nicht genau sehen, die Schatten am Waldrand waren zu dunkel. Wenn es ein – Feind war! Ein Feind, der herbeischlich, um Sinopah gefangen zu nehmen! Soyi war nicht hier, der Vater und die Mutter und die Spielgefährten waren weit fort. Sinopah mochte noch so laut schreien, niemand würde ihn hören.

Das Pferd wieherte freudig. Es trabte zu dem alten Mann, und der alte Mann fasste es an der Mähne, sah Sinopah an und kam näher.

Sinopah wich zurück und stolperte fast über eine Wurzel. Er hörte den alten Mann rufen. Der Fremde wollte ihn gefangen nehmen und fortführen!

Sinopah floh. Die Ranken am Boden griffen nach seinen Füßen, als wollten sie ihn festhalten. In den Büschen flogen die Vögel auf. Eichhörnchen keckerten zornig. Zwei Bärenkinder flüchteten auf einen Baum.

Da war der Wald schon zu Ende. Das Sonnenlicht blendete Sinopah. Er sprang ins hohe Gras und lief und lief.

Das Zeltdorf der Kinder

Die Kinder hatten sich ihr eigenes kleines Dorf nahe dem Lager der Erwachsenen gebaut. Es sah genauso aus wie das der Eltern, nur war alles viel kleiner. In der Mitte war ein freier Platz. Rundherum standen die Kinderzelte.

Soyi und Sinopah hatten ihr Zelt neben einem Weidenbusch aufgestellt. Manchmal spielten Soyi und Sinopah, es sei Nacht. Sie schlüpften in ihr Zelt, ließen die Decke vor dem Eingang niederfallen, krochen unter die weichen Kaninchenfelle und schlossen die Augen. Der Bach gluckste. Die Stimmen der Tagvögel klangen auf einmal wie die Rufe der Vögel, die nachts über die Prärie fliegen. Irgendeiner der Jungen schlich als Wolf durch das Lager und heulte so traurig wie ein wirklicher.

Die Kinder dachten sich stets neue Spiele aus. Sie fanden, dass es nirgendwo anders so schön war wie in ihrem kleinen Dorf.

Sinopah musste über einen flachen lang gestreckten Grashügel laufen, bevor er das Lager der Kinder erreichte. Seine Schwester kniete vor dem Zelt auf dem Boden.

„Ich habe mein Pony gefunden!“, rief Sinopah noch ganz atemlos.

„Ach, du und dein Pony!“, sagte Soyi und schaute nicht einmal auf.

„Aber es ist ein richtiges Pferd, ein lebendiges! Es hat ein weißes Fell mit braunen Flecken. Es hat einen langen Schweif. Es hat eine dicke Mähne.“

„Große Feder war auf der Büffeljagd, sieh nur!“, sagte Soyi stolz.

Sie saß mitten unter den Kleinen Leuten, ihrer Puppenfamilie. Der Vater hatte die Puppen aus Holz geschnitzt. Soyi und die Mutter hatten die Lederkleider und das Puppenzelt genäht. Der Vater der Kleinen Leute hieß Große Feder, wie Soyis und Sinopahs Vater. Er saß auf seinem Pferd, einem Stecken mit Büscheln aus Pferdehaaren als Schweif und Mähne. Auf dem Rücken des Puppenvaters hing ein kleiner Bogen. Sein Packpferd, auch ein Stecken, trug ein kleines Lederbündel. Vor dem Puppenzelt standen die Mutter und die Kinder und erwarteten den Vater.

„Großer Jäger“, ließ Soyi die Mutter der Kleinen Leute den Vater begrüßen.

Sinopah hockte sich auf die Fersen nieder. Jetzt, bei seinen Spielgefährten, konnte er nicht mehr verstehen, warum er sich vor dem alten fremden Mann gefürchtet hatte.

Soyi hob für die Mutter der Kleinen Leute das Lederbündel vom Packpferd.

„Ich werde die Haut des Büffels gerben“, sagte Soyi für die Mutter der Kleinen Leute. „Ich werde einen Büffelfellmantel für Große Feder daraus nähen.“

Sinopah schaute in den blauen Himmel hinauf. Die Schwester wollte nichts von seinem Pony hören. Sollte er zur Mutter gehen? Aber er hatte schon so oft von seinem Pony geredet, vielleicht wollte die Mutter ihm auch nicht zuhören. Ob Soyi die Kleinen Leute vergessen würde, wenn er von dem alten Mann erzählte?

Er beugte sich vor. „Soyi“, sagte er, „auf einer Wiese, nicht weit weg, in einem Wald, ganz nahe, ist ein alter Mann …“ Und da schwieg er. Er konnte nicht eingestehen, dass er vor einem alten Mann davongelaufen war. Die anderen Jungen hatten sicher längst Ponokas Geschichte vom Wald und den Feinden vergessen und würden ihn auslachen. Doch

Soyi hatte bereits die Mutter der Kleinen Leute fortgelegt und schaute ihn erwartungsvoll an. Iniwa, ihre Freundin, war vor ihnen stehen geblieben. Sinopah holte tief Atem und fuhr fort, leise und geheimnisvoll: „Er ist böse, ihr solltet wissen, wie böse er ist!“

„Oh!“, sagten die Schwester und Iniwa. Sinopah wurde mutiger. Er sagte noch einmal, jetzt sehr laut, damit alle es hören konnten: „Auf einer Wiese, nicht weit weg, in einem Wald, ganz nahe, ist ein alter Mann. Und böse ist er …“

Schon saß ein Kreis Kinder um Sinopah. Soyis Freundinnen waren alle gekommen und hielten sich die Hände vor die Münder und taten so, als hätten sie Angst.

Sinopah fühlte, wie seine Bedeutung wuchs. War nicht der alte Mann durch die Luft geflogen? Hatte sich nicht die Büffelhautdecke wie Flügel gebläht? Und die Augen? Die Augen hatten Blitze geschleudert. Seine Stimme war wie der Donner gewesen.

Hatten nicht alle Kinder diesen Donner gehört? Bei klarem Himmel? Als keine Wolke zu sehen war?

Ja, Iniwa hatte den Donner am heißen Mittag gehört und Nisko, ihr Bruder, auch. Alle Kinder hatten ihn gehört.

Das Pony war flinker als eine Antilope gewesen. Wenn es Sinopah recht bedachte, so hatte es beim Springen die Erde nicht mit den Hufen berührt.

Sinopah war fortgelaufen. Ja. Aber wer würde vor einem Geistermann und einem Geisterpferd nicht davonlaufen!

Die Mädchen nickten.

Sinopah war zufrieden mit der Wirkung seiner Geschichte. Seine Freunde lachten ihn nicht aus. Und vielleicht eine Stunde lang spielten alle Kinder im Kinderlager, dass sie Angst vor dem Geistermann hatten.

Flog ein grauer Häher in den Bäumen auf und schlug kreischend mit den Flügeln, versteckten sich alle in den Zelten.

Aber bald hatten sie Sinopahs Geschichte vergessen.

Nur Sinopah konnte das Pony auf der Wiese nicht vergessen. Es war kein Geisterpferd mehr, es war wieder das scheckige Pony, sein Pferd.

Er lag neben dem Bach. Die Wellen schlugen leise ans Ufer. Vögel flatterten im Gebüsch und sangen.

Sinopah schloss die Augen.

Er saß auf seinem Pony, er grub die Hände in die weiße Mähne. Das Pony trabte über die Blumenwiese, durch den Wald, über die Grashügel, weit in die Prärie hinein, in das Land der Indianer.

Abend im Indianerlager

Bevor es Abend wurde, verließen die Kinder ihre Zelte.

Das Lager der Eltern glich ihrem kleinen, nur war alles viel größer. Es war ja auch nicht für Kinder und Kleine Leute bestimmt, sondern für Erwachsene.

Hohe spitze Zelte aus festen Büffelhäuten umschlossen im Kreis einen freien Platz, auf dem man tanzen konnte oder ein Feuer anzünden, wenn ein Fest gefeiert wurde. Jede

Familie hatte ihr Zelt verziert, Sonne, Mond, Büffel oder andere Tiere darauf gemalt, farbige Kreise und Muster. Es sah sehr hübsch aus: die Bäume am Bach, die weißen oder gelbbraunen Zelte, die grünen Hügel und die Indianer in ihren bunt bestickten und mit Fransen verzierten Kleidern.

Sinopah lief zu seinem Vater Große Feder und Soyi ging ins Zelt. Die Mutter sagte: „Komm, wir müssen Holz sammeln!“

Soyi fasste den kleinen Bruder an der Hand und folgte der Mutter. Der kleine Bruder hatte noch keinen Namen. Er war noch zu klein. Soyi und Sinopah riefen ihn „Kleiner Bruder“. Vater und Mutter aber sagten „Kleiner Sohn“. Eines Tages würde der Vater oder die Mutter oder einer der Onkel oder eine der Tanten sich einen schönen Namen für den kleinen Bruder ausdenken. Aber einstweilen genügte es, ihn Kleiner Bruder zu rufen.

Soyi hatte ihren Namen sehr bald erhalten.

Er hieß „Sie-läuft-ins-Wasser“. Soyi schwamm und tauchte besser als alle anderen Mädchen, sogar besser als die großen Jungen, die schon mit ihren Vätern auf die Jagd gehen durften. Sinopahs Name bedeutete „Kleiner Fuchs“.

Im Gebüsch am Bach fanden Soyi und die Mutter Reisig und dürres Holz. Die Mutter trug die schweren dicken Äste zusammen und Soyi die leichten dünnen Zweige. Sie banden zwei Bündel, ein großes und ein kleines. Die Mutter schlang ihren Tragriemen um ihr großes Bündel, und Soyi schlang ihren Tragriemen um ihr kleines Bündel. Sie hob das Bündel auf und legte ihren kleinen Tragriemen um die Stirn wie die Mutter ihren großen.

Große Feder und Sinopah aber ritten auf die Weide, um nach den Pferden des Lagers zu sehen. „Dort, Sohn, ist ein Hirsch vorübergezogen“, erklärte Große Feder. „Siehst du die Fährte? Ein Präriehase versteckt sich in diesen Büschen …“ Sinopah hörte gut zu und schaute aufmerksam umher. Er wollte, wenn er groß war, auch ein so guter Jäger wie der Vater werden.

Die Pferde weideten friedlich. Kein Wolf störte sie in ihrer Ruhe. Sie hatten fettes grünes Gras zu fressen und Laub von den Zweigen und konnten das klare Wasser des Baches trinken.

Sinopah und sein Vater ritten wieder zurück. Die Sonne ging unter. Große Feder hielt das Pferd an. „Mein Kleiner Fuchs", sagte er zu Sinopah, „wir wollen still sein und an das Große Geheimnis denken."

Sinopah liebte die Sonnenuntergänge. Riesig groß war der Himmel über der Prärie, dem Land der Indianer. Flache Hügel und weite Wiesen waren endlos, man konnte nicht sehen, wo die Erde aufhörte und der Himmel begann.

Ging die Sonne unter, so war es, als ob ein großes Feuer am Himmel angezündet würde. Der riesige Himmel über dem Indianerland brannte, rot und flammend. Sinopah sprach kein Wort. „Großes Geheimnis“, dachte er.

Großes Geheimnis, so nannten die Indianer den Schöpfer der Welt. Und sie dachten sehr oft an ihn. Sie waren dankbar, dass er ihnen das Leben geschenkt hatte, dass er ihnen Wasser zum Trinken gab und Fleisch zum Essen, dass er Gras und Blumen wachsen und die Sonne scheinen ließ und Regen auf das Land goss.

Der Abend war warm und windstill. Vor den Zelten brannten die Feuer. Auch die Mutter hatte ein Feuer angezündet und den Kessel darüber gehängt. Die Fleischsuppe dampfte. Der Vater, die Mutter, Soyi, Sinopah und Kleiner Bruder aßen, bis sie satt waren.

Noch schienen die Sterne nicht. Aber schon war der Himmel fast schwarz. Rote und gelbe Flammen spielten vor jedem der nun dunkel gewordenen Zelte. Eine Eule schrie. Nachtschwalben riefen in den Bäumen. Kleiner Bruder schlief, den Kopf im

Schoß der Mutter. Der Vater saß mit gekreuzten Beinen neben der Mutter.

Alte Männer schlugen leise auf ihre Trommeln und sangen dazu.

Sinopah schaute ins Feuer. Als er aufblickte, standen die ersten Sterne am Himmel. Er dachte an das Pony. Die Sterne schienen auch auf die Wiese – so wie hier auf die Zelte. Vielleicht sprang das Pony im Sternenlicht auf der Wiese umher.

Die Mutter trug den schlafenden kleinen Bruder ins Zelt. Sinopah und Soyi legten sich auf ihr Lager aus Weidenzweigen und duftenden Zedernbüscheln und deckten sich mit Kaninchenfellen zu.

„Mutter!", sagte Sinopah.

Die Mutter kam und beugte sich über ihn.

„Ich habe mein Pony gefunden", flüsterte Sinopah. „Ich lief über einen Hügel und durch einen Wald. Da war es auf einer Wiese. Es hatte ein weißes Fell und viele braune Flecken …"

Die Mutter strich über sein schwarzes Haar. „Kleiner Fuchs", sagte sie, „mein kleiner Geschichtenerzähler."

Es ist keine Geschichte, es ist wirklich wahr, wollte Sinopah sagen, aber seine Lider wurden plötzlich so schwer, dass sie von selbst zufielen. Er spürte noch die Hand der Mutter auf seinem Haar, dann war er eingeschlafen.

Er träumte von seinem Pony. Im Traum ritt er auf dem Pony über die Hügel. Und im Traum gab es keinen fremden Mann, vor dem er Angst hatte.

Der Geistermann

Am nächsten Morgen beschlossen die Kinder, zum Büffel-und-Jäger-Spiel in die Prärie zu ziehen. Sie teilten sich in zwei Gruppen, in Büffel und Jäger.

Die Büffelherde lief aus dem Lager, und die Jäger durften nicht sehen, wohin sie wanderten.

Die Mädchen der Jägergruppe holten ihre Hunde und ihre Pferde. Gingen die Männer des Stammes auf die Büffeljagd, so wurden sie von den Frauen und großen Mädchen mit

Hunden und Pferden begleitet. Die kleinen Mädchen der Kinderjäger hatten freilich keine wirklichen Packpferde und Packhunde. Sie brachen Zweige aus dem Gebüsch, banden Lederriemen daran fest und zogen sie hinter sich her. Ein dicker Ast war ein Pferd, ein dünner Zweig ein Hund.

Im Zeltdorf der Kinder hockten die Jäger beisammen und warteten ungeduldig. Nach einiger Zeit schickten sie ihre Späher aus. Rund um das Lager war der Boden zertreten von den Erwachsenen, den Kindern, den Pferden und den Hunden. Es war nicht leicht, die Spuren der Büffelherde zu finden.

Die Jäger und die kleinen Mädchen fragten sich aufgeregt: „Wo bleiben nur die Späher so lange?“ Sie mussten doch schon längst die Büffelherde entdeckt haben.

Endlich kamen die Späher gelaufen und schrien:

„Wir haben die Büffel gefunden! Wir haben die Büffel gefunden!“

Die Büffelherde war in die Prärie gewandert. Bald sah man deutlich ihre Spuren im Gras. Die Jäger sprachen kein Wort. Auch die Mädchen schwiegen. Auf einem Hügel oben ließen sich die Späher ins Gras fallen. Und sofort folgten alle Jäger ihrem Beispiel. Leise, ohne einen Laut, krochen sie auf die Kuppe.

Vor ihnen, unten im Tal, lagerten die Büffel.

Jeder Büffel hielt einen Zweig in den Händen.

Die größeren Jungen, die Bullen, hatten sich mit Dornenzweigen bewaffnet und schützten im Kreis die Kühe und Kälber, die Mädchen und die kleineren Jungen. Manche der Kühe und Kälber hatten sich niedergelegt, andere wieder taten, als weideten sie, und rupften Gras und Blumen aus.

Jetzt hieß es vorsichtig sein. Kein Halm durfte sich bewegen, kein Stein sich lösen und den Hang hinabkollern.

Denn Büffel sind wachsam. Kaum entdecken sie die Jäger, warnen sie die Herde.

Und Büffel laufen schnell. Sie können eines der vielen kleinen Wäldchen erreichen und dann haben die Jäger das Nachsehen. Die Kühe und Kälber verstecken sich und die Büffelbullen fallen die Jäger an. Wer weiß, wie so ein Kampf ausgeht!

Die Jäger müssen sehr geschickt sein und den Bullen rasch die Dornenzweige aus der Hand reißen. Ein Büffel, der seinen Zweig verliert, ist tot. Es ist leicht, den Kühen und Kälbern die Laubzweige wegzunehmen. Schwieriger ist es bei den Bullen, sie können sich mit ihren Dornenzweigen wehren. Wenn ein Büffelbulle einen Jäger damit schlägt, so ist der Jäger verwundet und darf nicht mehr mitspielen.

Sinopah lag bei den Jägern oben am Hügel. Dort, sehr nahe, war ein Wald! Der Wald, der die Wiese umschloss, auf der das weiße scheckige Pony gegrast hatte. Die Wiese, auf die der fremde alte Mann plötzlich aus dem Dunkel der Bäume hervorgetreten war.

Nun stutzten die Büffelbullen. Sie richteten sich auf und lauschten. Eine Schar Präriehühner erhob sich mit schwirrenden Flügelschlägen und lautem Gekreisch. Die Büffelherde stob davon, Kühe und Kälber voran, gedeckt von den Bullen.

Die Büffelherde rannte zum Wald.

Sinopah lief mit den Jägern. Er wagte kaum aufzusehen. Er wollte rufen, aber die Worte steckten in seiner Kehle fest.

Schon waren die Büffel nicht mehr weit vom Waldrand entfernt, als sie plötzlich mitten im Laufen anhielten.

Im Schatten der Bäume stand ein alter Mann. Er hob die mageren braunen Hände, als wollte er die Kinder zu sich winken. Die Decke aus Büffelleder hing wie Flügel von seinen Schultern. Ein Pony sprang wiehernd aus dem Wald.

Die Kleinsten aus der Kinderschar warfen die Arme hoch und schrien. Dort stand Sinopahs Geistermann. Das musste er sein! Er konnte den Donner rufen und den Blitz. Die weißen Wolken am Himmel, ballten sie sich nicht schon zu düsteren, schwarzen Gewitterwolken zusammen? Das Sonnenlicht, wurde es nicht schon trüb?

Die Kinder flohen. Die Büffel warfen ihre Dornenzweige fort, liefen wie die Jäger und sahen sich kein einziges Mal um.

Nur Sinopah blieb nach einiger Zeit stehen. Der Alte am Waldrand war verschwunden. Der nächste Hügel verschluckte die Kinder. Sinopah war allein. Die Wolken schwammen weiß am Himmel. Ein Kaninchen hoppelte gemächlich und ohne Eile vorbei.

Sinopah ging langsam durch das hohe Gras. Beinahe glaubte er nun selber seine Geschichte, aber insgeheim wusste er ja, dass der Fremde im Wald kein Geistermann war. Und er wollte das Pony wiedersehen.

Sinopah trat unter die Bäume. Sonnenlicht fiel durch die Zweige und malte helle Tupfen auf Moos und Farnkraut.

Die Eichhörnchen flüchteten nicht, als Sinopah sich vorbeistahl. Kein dürres Laub raschelte, kein morscher Ast knackte verräterisch unter seinen Füßen. Er fand die Wiese nicht. Der Wald war groß. Dichtes Unterholz schloss ihn ein. Es roch nach Moder, nach würzigen Nadeln und Harz. Der leichte Wind brachte aber auch einen anderen Geruch. Rauch! Im Wald brannte ein Feuer.

Sinopah teilte die Zweige und Ranken und spähte hindurch.

Ein Bach floss durch eine Lichtung, überwuchert von Sumpfblumen. Am Rand der Lichtung stand ein Zelt. Ein sehr altes Zelt. Die grau gewordenen Lederwände leuchteten nicht mehr weiß oder gelb-braun wie die reich verzierten Zelte im Indianerlager.

Von einem halb erloschenen Feuer stieg Rauch auf. Im Zelt bewegte sich nichts. Es war ganz still. Nur die grauen Häher zankten sich in den Wipfeln. Sinopah kletterte auf einen der Bäume und schmiegte sich an einen dicken Ast. Er saß regungslos, verborgen im grünen Blättergewirr, und wartete.

Er musste lange warten. Das Feuer vor dem Zelt erstarb. Der Rauchfaden wurde dünner und dünner. Die Bäume warfen keine Schatten mehr. Die Sonne stand hoch über der Lichtung und erinnerte Sinopah daran, dass es Mittag war und dass er noch nichts gegessen hatte.

Als er überlegte, ob er hinuntersteigen und zum Zeltdorf zurückgehen sollte, lief ein Waschbär zum Bach. Sinopah vergaß sofort seinen Hunger. Der Waschbär war noch jung. Er trug einen dunklen Streifen auf seinem braunen Fellgesicht, sein buschiger Schweif war mit sechs hellen Ringen verziert.

Mit den flinken Vorderpfoten wühlte er unter den Steinen am Bachrand und zog einen Frosch hervor.

Als er ihn fressen wollte, entschlüpfte ihm der Frosch und hüpfte davon. Da saß nun der junge Waschbär am Ufer und sah erstaunt und verdutzt drein, als könnte er nicht begreifen, dass dieses zappelnde Ding wieder fort war.

Gleich darauf wühlte er eifrig unter dem nächsten Stein. Bevor er einen zweiten Frosch fangen konnte, kam der alte Mann aus dem Wald. Sinopah hielt den Atem an. Noch nie war er dem alten Mann so nahe gewesen. Er hatte seinen Freunden erzählt, der Alte sei ein Geistermann. Der alte Mann sah jedoch genauso aus wie alle die alten Männer im Lager. Sinopah konnte nicht mehr verstehen, warum er sich vor ihm gefürchtet hatte.

Die Decke aus Büffelleder war ihm so unheimlich vorgekommen. Es war aber eine ganz gewöhnliche Büffelhaut, nur ziemlich abgenützt. Auch die anderen Kleidungsstücke des alten Mannes waren abgenützt, ohne Fransen und Schmuck.

Der alte Mann setzte sich ins Gras. Sinopah erinnerte sich an den Waschbären. Sicher war der schon längst fort. Nein, er hockte noch immer am Bachrand. Der alte Mann holte aus einer Tasche ein Stück Fleisch. Der Waschbär fraß es, kletterte auf die Knie des alten Mannes und schnüffelte am Lederhemd herum.

Der alte Mann streichelte den Waschbären. Er fuhr mit den Händen über das dichte Fell, immer wieder. Er sprach kein Wort. Er lächelte. Aber das Lächeln war traurig.

Der Waschbär lief fort. Meisen und Finken hüpften ohne Scheu vor dem alten Mann im Gras umher. Im Gebüsch flötete eine Graumeise. Der alte Mann spitzte die Lippen und ahmte die Stimme des Vogels nach. Die Graumeise flog auf seine ausgestreckte Hand. Noch eine Graumeise kam und wieder eine.

Die Vögel umflatterten den alten Mann. Sinopah riss die Augen weit auf. Der Waschbär war nicht geflohen und die Vögel kamen, wenn er sie rief, der alte Mann. Die Tiere hatten keine Angst vor ihm.

Sinopah wurde es auf seinem Ast sehr unbehaglich. Warum hatte er die Geschichte vom Geistermann erzählt? Da saß er oben im Baum, konnte nicht herunter, konnte nicht fort und musste zusehen, wie der alte Mann mit den Tieren spielte.

Nun lachte der alte Mann leise. Das scheckige Pferd trabte aus dem Wald. Sinopah vergaß alles andere und wäre beinahe von seinem Ast auf den Boden hinabgesprungen. Das Pferd trappelte zu dem alten Mann. Die Vögel huschten fort. Der alte Mann legte die Arme um den Hals des Ponys.

Wieder lächelte er, als sei er traurig.

Der Junge presste sein Gesicht an die raue Rinde. Er fühlte, dass er weinen musste. Die Tränen rannen über sein Gesicht, und er wollte doch gar nicht weinen.

Das Feuer vor dem Zelt war erloschen, ein Haufen grauer zusammengesunkener Asche. Der alte Mann ging mit gebeugtem Rücken in den Wald zurück, und das Pony folgte ihm.

Sinopah glitt von dem Baum und suchte durch den Wald den Weg nach Hause. Er schritt über die blühenden Wiesen, in denen Vögel sangen, Bienen summten, Kaninchen spielten und Schmetterlinge von Blüte zu Blüte schaukelten.

Sinopah dachte an den alten Mann, der allein im Wald lebte, der den Waschbären fütterte, die Vögel lockte und das Pony streichelte. Vielleicht hatte der alte Mann die Kinder zu sich rufen wollen. Vielleicht hatte er die Kinder zu seinem Zelt führen wollen.

Aber die Kinder waren fortgelaufen. Sie waren fortgelaufen, weil Sinopah erzählt hatte, der Alte im Wald sei ein Geistermann.

Das Pony läuft fort

Die Mutter legte ein großes Stück gebratenes Hirschfleisch in eine bunt bemalte Ledertasche.

„Soyi, Sinopah", bat sie, „geht zu dem alten Mann, der allein im Wald lebt."

Sinopah beugte sich über seinen kleinen Köcher und steckte langsam einen Pfeil nach dem anderen hinein. Woher wusste die Mutter von dem alten Mann im Wald? Gewiss hatte Soyi gestern alles erzählt!

„Zum Geistermann?“, rief die Schwester und man konnte spüren, wie ihr dabei ein Schauer über den Körper rann.

„Sinopah!“, sagte da die Mutter.

Sie sagte nur: „Sinopah“, sonst nichts. Sinopah wünschte, er hätte niemals diese Geschichte vom Blitz und Donner und dem Geistermann erfunden, und er wünschte, er müsste die Worte der Mutter nicht hören.

„Gestern Abend ritt der Vater in den Wald und suchte das Zelt des fremden alten Mannes. Der alte Mann bat ihn: ‚Setz dich an mein Feuer.‘ Und der Vater setzte sich an sein Feuer. Ganz allein lebt der alte Mann im Wald, meine Kinder. Alle sind gestorben, die ihn liebten. Niemand geht für ihn auf die Jagd. Niemand sammelt für ihn Holz, wenn er müde ist. Niemand sitzt an seinem Feuer, wenn es Abend wird. Der Vater versprach ihm: ‚Ich werde meine Kinder zu dir schicken und sie sollen dir von meiner Jagdbeute bringen.‘“

Sinopah stand auf. Nie wieder, so hatte er sich gestern vorgenommen, wollte er zu dem alten Mann gehen. Aber nun musste er gehen. Der Vater hatte es versprochen. Er hängte sich die Ledertasche um und nahm seinen Bogen und den Köcher mit den Pfeilen.

Soyi fasste Kleiner Bruder an der Hand. Ach du, wollte Sinopah sagen, immer musst du Kleiner Bruder mitschleppen. Doch er sagte es nicht. Er war froh, dass Kleiner Bruder und Soyi ihn begleiteten.

Die Kinder wanderten über die Wiesen. Kleiner Bruder trippelte zwischen seinen Geschwistern. Soyi und die Mutter fanden, dass er der hübscheste und liebste kleine Junge im Lager war. Sinopah konnte das nicht verstehen. Nun ja, manchmal war es lustig, mit Kleiner Bruder zu spielen.

Sinopah gab auch zu, dass Kleiner Bruder nett anzusehen war. Er hatte große schwarze Augen. Das Haar war glatt und schwarz. Er trug einen Lederkittel mit vielen Fransen.

Und Soyi hatte rote Beeren auf eine Büffelsehne gefädelt und dem kleinen Bruder umgehängt, dass er damit spielen konnte.

Als sie zum Wald kamen, ging Soyi nicht weiter. Sie setzte sich ins Gras. „Hier“, sagte sie, „warten wir auf Sinopah, Kleiner Bruder!“

Unter den Bäumen war es dunkel. Überall lagen Schatten. Soyi fühlte ein kaltes Prickeln. Gewiss, der alte Mann war kein Geistermann. Die Mutter hatte es gesagt. Trotzdem wollte Soyi auf der Wiese bleiben. Da schien die Sonne. Und in der warmen Luft schwebten Schmetterlinge über den Wolkentieren, die der Wind im Gras zum Leben erweckte.

Soyi liebte die Wolkentiere. Sie liebte es, in einer Wiese zu sitzen und die Schatten über die Gräser laufen zu sehen. Manchmal konnte sie nicht widerstehen, ihnen nach ins hohe Gras zu waten, als ließen sich die Wolkentiere fangen.

Die Wolkentiere gehörten ihr. Sie hatte sie entdeckt, sie hatte ihnen den Namen gegeben. Niemand außer ihr hatte jemals daran gedacht, sie Wolkentiere zu nennen. Sie glichen nun keineswegs den Wolken am Himmel, aber sie waren genauso geheimnisvoll, genauso unerreichbar.

„Wir wollen mit den Wolkentieren spielen“, schlug Soyi vor und Kleiner Bruder schien ganz damit einverstanden zu sein.

Nur Sinopah war nicht einverstanden. „Allein geh' ich nicht zu dem alten Mann!“, rief er.

Soyi legte sich ins Gras und blies die weißbeflügelten Samen einer Flockenblüte dem kleinen Bruder ins Gesicht.

Sinopah spürte, wie schwer die Ledertasche war. Oder war sie nur deshalb so schwer, weil er nun allein dem alten Mann das Geschenk des Vaters bringen musste? Plötzlich fiel ihm das weiße scheckige Pony ein. Vor dem alten Zelt im Wald mochte das Pony im Gras weiden.

Sinopah fasste den Bogen fester und ging

in den Wald. „Ich schleiche ganz leise hin“, sagte er sich. „Ich warte, bis der alte Mann fortgeht. Wenn er fort ist, lege ich das Stück Fleisch vor sein Zelt. Wenn er fort ist, streichle ich das Pony …“

Als Sinopah sich angeschlichen hatte und durch die Zweige auf die Lichtung spähte, sah er, dass er nicht warten musste. Der alte Mann war nicht hier. Die Feuerstätte war schwarz und kalt. In den Büschen sangen Graumeisen. Drosseln und Finken ließen sich in Schwärmen auf der Wiese nieder und flatterten wieder auf, wenn das Pony sie erschreckte, wenn es mit dem Schweif um sich schlug oder die Mähne schüttelte oder den Kopf zurückwarf.

Das kleine Pferd sah sehr zahm aus. Es zog niemals an der Leine, mit der es am Zelt festgebunden war. Sinopah ging langsam näher. Das Pony schnaubte. Nur einmal, einmal möchte ich auf seinem Rücken sitzen, dachte Sinopah.

Das Pony stand ruhig da. Es schien Sinopah, als warte es darauf, dass er es losband und rund um die Lichtung führte. Es schien, als warte es darauf, dass er auf ihm einmal rund um die Lichtung ritt.

Sinopah lauschte. Auch das Pony lauschte. Es spitzte die weißen Ohren. Sinopah bückte sich und löste den Knoten der Leine. Die Leine in der Faust, horchte er. Im Wald regte sich nichts.

Sinopah führte das Pferd entlang den Bäumen um die Lichtung. Das Pferd folgte ihm gehorsam. Sinopah wurde mutiger. Er fasste die Mähne und sprang auf den Rücken des Ponys. Da saß er nun oben. Das Pony begann zu traben, es schaukelte ganz leicht. Sinopah hätte vor Freude schreien können: Soyi, Kleiner Bruder, seht doch! Aber er musste schweigen, damit der alte Mann ihn nicht hören konnte, der irgendwo im Wald war.

Sinopah streckte die Arme aus gegen den blauen Himmelsfleck über sich.

Das Pony warf ihn ab. Sinopah wusste nicht einmal, wie es zuging, so schnell geschah alles. Er lag im Gras und über ihm spannte sich der blaue Himmelsfleck. Zwischen den dunklen Bäumen verschwand das fröhlich wiehernde Pony. Der Schweif wehte weiß zwischen den Stämmen. Und dann war das Pony fort. Die Sonne schien in Sinopahs Augen, er musste sie schließen. Wenn der alte Mann zurückkam, war das Pony nicht mehr da. Sinopah hatte nicht nur die Geschichte vom Geistermann erzählt, er hatte auch das Pony losgebunden.

Sinopah sprang auf und rannte dem Pony nach.

Das Pony trabte durch den Wald. Sinopah konnte es nicht einfangen. Ein paarmal ließ es ihn so nahe herankommen, dass er es mit den Händen fast berühren konnte. Ja, es wartete, bis er ganz nahe war, und sprang weg, sobald er die Hände ausstreckte.

Zweige, die tief herabhingen, schlugen

Sinopah ins Gesicht. „Pony“, rief er, „Pony, bleib stehen!“

Das Pony erreichte den Waldrand. Durch die Stämme leuchtete die sonnenbestrahlte Wiese, auf der Soyi und Kleiner Bruder spielten.

Das Pony lief auf die Wiese hinaus. Mit hocherhobenem Kopf und flatternder Mähne stürmte es in die Prärie, in das einsame Land.

„Sinopah!“, hörte der Junge die Schwester rufen.

„Ich muss das Pony fangen!“, schrie er. „Ich kann dich nicht brauchen, dich nicht und Kleiner Bruder nicht.“

Aber Soyi wollte nicht allein zurückbleiben. Der Himmel war viel zu groß. Die Wiese war viel zu groß. Der Wald war zu nahe. Sie packte Kleiner Bruder an der Hand und rannte Sinopah nach.

Das Pony war längst auf einem der Hügel. Im hohen Gras sah man deutlich seine Spur. Sinopah wartete auf Soyi und Kleiner Bruder.

Das Pony würde laufen und laufen. Aber einmal würde es müde werden. Und wenn es müde war, würde es rasten und Gras fressen oder aus einem Bach trinken. Dann konnte er es fangen und dem alten Mann zurückbringen.

Die Kinder in der Prärie

Das Pony lief. Es blieb niemals stehen. Seine Hufe zogen einen dunklen Strich durch das Gras. War es oben auf einem der Hügel, so sahen es die Kinder. Zuerst war es noch groß, aber es wurde immer kleiner. Und dann sah man nichts mehr. So weit war es fort. Nur der dunkle Strich im Gras, der war noch zu sehen.

Sinopah, Soyi und Kleiner Bruder folgten der Spur. Kleiner Bruder und Soyi sprangen lachend voraus.

Am Morgen war das Gras taufeucht gewesen. Jetzt hing kein einziger Tropfen mehr an den Halmen. An dem großen Himmel stieg die Sonne immer höher. Die Tasche drückte schwer auf Sinopahs Schulter. Er musste Kleiner Bruder an der Hand nehmen. Soyi lachte nicht mehr.

Plötzlich ließ sich Kleiner Bruder ins Gras fallen. Soyi setzte sich zu ihm.

„Ich will heimgehen“, sagte sie.

Das Mittagslicht blendete. Es lag auf allen Hügeln. Auf manchen wuchsen Bäume und Sträucher, auf manchen nur Gras und Blumen. Wäre da nicht der dunkle Strich im Gras gewesen, die Stapfen der Hufe und der Kinderfüße, Sinopah hätte den Weg nach Hause nicht mehr gefunden.

Sie mussten heimgehen. Sinopah wusste es. Er durfte das Pony nicht mehr suchen. Er musste mit Soyi und Kleiner Bruder ins Lager zurückkehren. Kinder dürfen nicht allein so weit von den Zelten fort. Die Prärie ist groß, ein wildes einsames Land. Das weiße scheckige Pony war in die Prärie gelaufen. Sinopah hatte es losgebunden. Der alte Mann wartete vergeblich auf sein Pony. Sinopah senkte den Kopf. Er sagte: „Wir wollen heimgehen."

Soyi vergaß schnell ihren Kummer. „Schau, die Wolkentiere!", rief sie. Und wirklich, über alle Wiesen ringsum liefen Wolkentiere. Der Mittagswind strich über die Gräser.

Er strich über die Gräser und beugte sie. Er flüsterte in den Blättern der Büsche. Aber es war ein seltsamer Wind. Irgendwo rauschte er wie ein Sturm im Wald. Es konnte aber kein Sturm, kein Wind sein. War es nicht, als schlüge man viele Trommeln, fern, leise und dumpf zuerst?

Das Trommeln schwoll an. Die Erde begann unter den Füßen der Kinder sacht zu beben.

Soyi fragte: „Was ist das?"

Dann schwieg sie. Auch Sinopah schwieg. Über die Hügel der Prärie strömte eine gewaltige Büffelherde. Die Hügel wurden schwarz. Tier wanderte an Tier, sie zogen gemächlich dahin, ohne Hast und ohne Eile. Unter ihren Hufen verschwand der dunkle Strich im Gras, der die Kinder nach Hause leiten sollte.

Soyi und Sinopah fassten Kleiner Bruder an der Hand, kehrten um und flohen.

Ein Hügel lag vor ihnen, bedeckt mit Bäumen und Büschen. Die Kinder liefen auf diesen Hügel. Ranken wucherten. Eine Quelle füllte einen kleinen Tümpel. Man sah weit in das ferne Land hinaus.

Wurden nicht alle Wiesen der Prärie schwarz von wandernden Büffeln?

Es schien Sinopah, als hörte er den Vater sprechen. „Bleib hier, Sinopah, auf diesem Hügel“, sagte des Vaters Stimme in ihm. „Ihr dürft nicht weiter in die Prärie fliehen, fort vom Lager. Die Büffel werden euch einholen, vielleicht mitten auf einer Wiese. Um euch werden dann nur Büffel, große riesige Tiere sein. Büffel können Angst bekommen, man weiß nicht, warum. Sie bekommen Angst und fangen an zu laufen. Sie werden über euch hinwegtrampeln. Unter den Bäumen aber seid ihr sicher. Hier kann euch nichts geschehen."

Jeden Frühling und jeden Herbst wanderten die Büffel. Sie sammelten sich zu großen Herden und zogen durch die Prärie. Der Vater hatte Sinopah oft mitgenommen und ihm die wandernden Büffelherden gezeigt. An alles, was der Vater ihm dabei gesagt hatte, erinnerte sich Sinopah.

Er setzte sich zu Soyi und Kleiner Bruder unter die Bäume. Friedlich grasend kamen die Büffel näher. Bald konnte man nichts anderes mehr sehen als die braunen wogenden Rücken.

Soyi und der hungrige kleine Wolf

Vom Mittag bis zum Abend zogen die Büffel vorüber. Ihre mächtigen braunen Leiber schlossen die Kinder, die Sträucher und die schützenden Bäume ein.

Manchmal kamen die Büffel so nahe, dass Sinopah, wäre er zwischen den Bäumen hervorgetreten, sie mit der Hand hätte berühren können: die großen Bullen mit ihren zottigen Nacken, die geduldigen Kühe und die verspielten, wolligen rotbraunen Kälber auf ungeschickten langen Beinen.

Wenn die Herde sich auflockerte, sahen die Kinder hungrige Präriewölfe vorbeischleichen, die darauf warteten, dass ein krankes Tier zurückbleiben oder eines der Kälber von den Müttern fortspringen würde.

Wie eine Wolke, die sich zu weit vom Himmel herabgeneigt hat, lag ein Staubschleier über der wandernden Herde. Im ungetrübten Blau des Himmels kreisten Falke und Habicht. Es schien, als sängen die Vögel nicht mehr, nur das dumpfe Brüllen und Schnauben der Büffel war zu hören.

Die Kinder tranken aus dem Tümpel und aßen von dem Fleisch, das sie dem alten Mann hatten bringen sollen. Sorglos spielten Soyi und Kleiner Bruder unter den Bäumen inmitten der großen Herde. Nur Sinopahs Herz war schwer. Aber er sagte nichts. Er war der große Bruder.

Der Himmel wurde grau. Zwischen den

Bäumen spann die Dämmerung ihr sanftes Licht. Die letzten Büffel waren vorübergezogen.

Das Gras lag flach am Boden. Es wogte nicht mehr im Wind. Sinopah schaute stumm auf die von den Büffeln zerstampften Wiesen. Der dunkle Strich im Gras, die Spur, die zu den Eltern führte, war ausgelöscht. Alle Hügel ringsumher glichen sich. Alle Wäldchen ringsumher glichen sich. Sie waren allein in der Prärie, allein in dem einsamen Land, in dem man verhungern konnte und aus dem man vielleicht niemals mehr den Weg nach Hause fand.

Sinopah fasste Bogen und Pfeile, ließ Soyi und Kleiner Bruder im Schutz der Bäume zurück und lief auf einen Hügel, der höher war als die anderen. Als er oben stand, war es dunkel geworden. Täler und Mulden hatten sich mit Schatten gefüllt und feierlich umschloss der Kranz schwarzer Hügel das weite Land.

Nirgends auch, so sehr Sinopah umherspähte, entdeckte er das weiße scheckige Pferd.

War es in die Büffelherde geraten? Hatte ein Bulle es niedergestoßen? Vielleicht lag es mit gebrochenem Bein im Gras und wartete auf den alten Mann, der nicht kommen konnte, ihm zu helfen. Vielleicht umschlichen es schon die hungrigen Wölfe. Vielleicht war es schon tot?

Sinopah stapfte mit hängendem Kopf zurück. Er ging langsam und sah nicht auf, als er unter die Bäume trat. Unter den Bäumen war niemand. Soyi und Kleiner Bruder waren fort.

Aber er hörte Soyis Stimme.

„Kleiner Wolf", lockte sie, „friss, kleiner Wolf, komm, kleiner Wolf, komm …"

In den Büschen am Hang des Hügels kauerten Soyi und Kleiner Bruder und Sinopah sah gerade noch einen grauen Schatten durch das Gras gleiten und einen zerzausten Schwanz im Gesträuch verschwinden.

„Jetzt hast du ihn fortgejagt!“, sagte Soyi vorwurfsvoll.

Das Tier hockte hinter einem Wacholderbusch. Es war ein Präriewolf, ein kleiner halb verhungerter, verlassener Wolfswelpe. Er verschlang hastig einen Bissen Fleisch aus Sinopahs Tasche, das Soyi ihm zugeworfen hatte. Struppig grau hing das Fell an dem mageren Körper. Der Schwanz zuckte.

Der kleine Wolf legte die Ohren zurück, zog die Lefzen hoch und fletschte die Zähne, damit Sinopah sich fürchten sollte. Er wich immer mehr hinter den Busch zurück und drückte sich auf den Boden. Ein leises grollendes Knurren kam aus seiner Kehle. Aber die kläglichen, im Dunkel grün leuchtenden Augen ließen die ganze Hilflosigkeit des zitternden kleinen Tieres erkennen.

Sinopah hob die halb leere Tasche auf. „Soyi“, sagte er, „Kleiner Bruder, du und ich, wir brauchen das Fleisch selber.“

„Morgen gehen wir heim“, antwortete

Soyi sorglos, „und dann brauchen wir es nicht mehr."

Sinopah blickte zu dem schwarz gewordenen Himmel auf. Er fühlte sich allein und verlassen, so verlassen wie das Wolfsjunge, das gewiss seine Eltern verloren hatte. Halb schon in Tränen, rief er: „Wenn du dem Wolf unser Fleisch gibst, haben wir nichts zu essen."

„Schau nur, er hat so großen Hunger!", sagte Soyi. „Ich bin nicht hungrig. Und Kleiner Bruder will mit ihm spielen. Bleib stehen, Sinopah! Nun hast du ihn verjagt! Er ist fort! Warum hast du das getan?"

Sinopah wandte sich wortlos um und ging zu den Bäumen. Er sammelte Salbeibüschel und Laub. Unter den tief herabhängenden Zweigen eines Strauches baute er ein Nest zum Schlafen und holte Kleiner Bruder.

Er sah nicht dorthin, wo Soyi in den Büschen vergeblich nach dem kleinen Wolf suchte. Er wollte nicht hinsehen. Kleiner Bruder hing müde an seinem Arm. Er zog

Kleiner Bruder in das Nest und legte das Gesicht auf die Knie. Es war Sinopah, als sei er ganz allein, als wären weder Kleiner Bruder noch die Schwester bei ihm.

Nach einiger Zeit kam Soyi. Sie sagte es nicht, aber draußen im Dunkeln hatte sie Angst bekommen. Im Nest neben Sinopah und Kleiner Bruder hatte sie keine Angst. Kleiner Bruder seufzte schläfrig und zufrieden. Soyi kauerte sich zu ihnen und rückte nahe an Sinopah. Er konnte spüren, dass sie bei ihm sein wollte. Und da wurde er froh. Er war nicht allein, Kleiner Bruder und Soyi waren bei ihm. So saßen sie dicht beisammen unter dem Dach der Blätter, die leise rauschten.

Die einsame Nacht in der Prärie

Unter den Zweigen hervor konnten die Kinder auf die Prärie sehen. Alles war schwarz geworden, Himmel, Wiesen, Hügel und Wälder. Nirgends regte sich ein Vogel. Kein Tier war zu hören.

Die Kinder lauschten auf ihre eigenen Atemzüge. Und in dieser Stille, in dieser lautlosen Schwärze der Nacht löste sich von dem dunklen Land eine riesige rote Mondscheibe.

Die Kinder wussten, dass der Mond in der Prärie, wenn er aufgeht, groß und rot ist, und erst beim Höhersteigen weiß und kleiner wird. Hatten sie ihn nicht oft schon über den Zelten des Lagers schweben sehen? Doch nie waren sie allein gewesen. Helle Feuer hatten gebrannt und Vater und Mutter hatten neben ihnen gesessen.

Soyi schlang die Arme um Sinopah.

Kleiner Bruder aber schlüpfte unter den Zweigen durch und schaute voller Staunen auf den Mond. Er sah ihn zum ersten Mal. Daheim hatte er immer schon geschlafen. Ein großes, rot leuchtendes Ding stand über den Hügeln. Kleiner Bruder streckte die Arme danach aus.

Soyi und Sinopah sahen sich an und mussten auf einmal lachen. Sie gingen zu Kleiner Bruder, setzten sich ins Gras und konnten ihre Angst nicht mehr begreifen. Wie schön war der aufgehende Mond über dem weiten nächtlichen Land!

Plötzlich schluchzte Soyi auf. „Der arme kleine Wolf", sagte sie, „er ist ganz allein."

Sinopah musste an das zerzauste hungrige Wolfsjunge denken. Irgendwo mochte es jetzt im Gras hocken, unter einem Busch verkrochen, zitternd vor den nächtlichen Jägervögeln, die lautlos über die Wiesen strichen.

Nun ja, Sinopah hatte den Wolf fortgejagt, er hatte Soyi verboten, ihn zu füttern. Sie brauchten das Fleisch selber. Soyi wusste nicht, dass sie sich verirrt hatten, er aber wusste es. Doch, so sagte sich Sinopah, wie verlassen ist der kleine hungrige Wolf. Und ich habe ihn fortgejagt. Wenn wir kein Fleisch mehr haben, kann ich auf die Jagd gehen. Ich habe Pfeil und Bogen. Und ich kann Schlingen legen und ein Kaninchen fangen.

Er sprang auf, fasste Soyi und Kleiner Bruder an der Hand und sagte: „Holen wir den kleinen Wolf zu uns!"

Soyi lief zu den Wacholderbüschen und lockte: „Kleiner Wolf … kleiner Wolf …"

Aber nirgends sahen sie das grüne Licht seiner Augen leuchten. Nirgends konnten sie das zerzauste struppige Fell entdecken. Sie gingen weit hinaus in die Prärie, doch das Wolfsjunge kam nicht auf ihre Rufe.

Sinopah wurde traurig. Es war ihm nicht mehr gleichgültig, was mit dem kleinen Wolf geschah. „Morgen finden wir ihn“, tröstete er sich und die Geschwister.

Soyi und Kleiner Bruder schliefen sofort ein, als sie sich in ihrem Nest aus Zweigen und Laub ausstreckten. Auch Sinopah schloss die Augen.

Aber er wachte bald wieder auf. Es war nicht mehr dunkel. Der Mond hing hoch am besternten Himmel und streute Licht auf die Wiesen. Die Hügel waren grau geworden. In den Tälern lagen Mondschatten. Durchstrahlter Nebel schwamm über der Prärie.

Mitten im bleichen Nebelgespinst graste das scheckige Pony. Das weiße Fell glänzte. Die weiße Mähne schimmerte. Noch immer schleifte die Leine lang am Boden.

Sinopah stand auf. Er teilte die herabhängenden Zweige und trat aus seinem Nest. Er schritt den Hang hinab, lautlos in seinen weichen Lederschuhen. Einmal löste sich ein Stein unter seinen Füßen und man hörte es deutlich in der Stille. Das Pony schüttelte die Mähne, graste aber unbekümmert weiter.

„Pony, mein Pony!", rief Sinopah leise.

Das Pony lief nicht weg. Es schien, als warte es darauf, dass der Junge die Leine nähme und es wieder zurückführe zu den Menschen. Schon streckte Sinopah die Hand aus, da wieherte das Pferd und galoppierte fort, ein kleiner tanzender Mond, herabgefallen vom Himmel, dort auf den nun schon fernen Hügeln. Dann war es verschwunden.

Sinopah warf sich auf der Wiese nieder und presste sein Gesicht ins Gras. Er konnte nicht einmal weinen. Das Pony, das ihnen den Weg nach Hause hätte zeigen können, war wieder fortgelaufen. Der alte Mann wartete vergeblich auf sein Pferd, der Vater und die Mutter warteten vergeblich auf ihre Kinder.

Als Sinopah lange auf der Wiese gelegen hatte, hörte er ein leises Winseln. Er hob den Kopf. Das Wolfsjunge hockte im Gras und klagte. Im Mondlicht sah sein gesträubter Pelz noch zerzauster, noch erbärmlicher aus. Es zitterte, es fror. Die spitze Schnauze bebte.

Sinopah richtete sich auf. Das Wolfsjunge kroch zu ihm. Er nahm es in die Arme. Er streichelte es. Er hielt es fest. Und das verlassene Tier klagte nicht mehr. Es bohrte seine Schnauze in die Hände des Jungen und leckte sie.

Sinopah konnte wieder weinen. Es war gut, die Tränen auf dem Gesicht zu spüren. Er legte die nassen Wangen an das struppige Fell, ging zum Nest zurück und schlief ein, das Wolfsjunge in den Armen.

Das Abenteuer am See

Am Morgen funkelte die Sonne. Alle Blätter glänzten. Von den Zweigen rollten Tautropfen. In den Büschen sangen und flöteten die Vögel.

Das Wolfsjunge hatte Soyi geweckt. Es war gekommen und hatte sie mit seiner feuchten Schnauze gestupst. Soyi saß auf ihrem Laubbett. Noch waren ihre Augen klein vom Schlaf.

„Oh“, stieß sie immer wieder hervor, „oh!“

„Siehst du, ich habe ihn gefunden", sagte Sinopah.

Die Schwester grub ihre Finger in das struppige Fell. „Schau, so klein sind seine Ohren!", rief sie. „Und ein so kleines Maul hat er …" Sie fand kein Ende, das Wolfsjunge zu bewundern.

Sinopah trat vor die Bäume. Die Wiesen waren mit Tau besät wie nachts der Himmel mit seinen Lichtern. Nicht weit von den Büschen stand das weiße scheckige Pony. Als es den Jungen sah, wandte es ihm den Kopf zu.

Sinopah ging keinen Schritt vorwärts. Er wagte nicht zu rufen.

Das Pony kam langsam näher. Es hatte sich lange genug auf den Wiesen der Prärie vergnügt. Es war dahingestürmt und seine Leine hatte es nicht gehindert. Durch klare Bäche war es gewatet und über taufeuchte Wiesen war es getrabt. Nun wollte es wieder zurück zu den Menschen.

Es rieb schmeichelnd den Kopf an der Schulter des Jungen. Sinopah bückte sich und hob die Leine auf. Wortlos führte er das Pony zu der Schwester.

Als der kleine Wolf das Pferd erblickte, stob er davon, verkroch sich im Gebüsch und blieb dort zähnefletschend und knurrend liegen. Das Pony tat, als sei es erschrocken, bäumte sich auf und wieherte.

Soyi zog den Wolf aus seinem Versteck und nahm ihn in die Arme. „Es ist nur ein Pferd“, sagte sie, „sieh nur, ein hübsches Pony.“

Die Kinder wuschen sich an der Quelle und teilten ihr Fleisch mit dem Wolf.

Das Pony war sanft und friedlich geworden. Soyi durfte auf seinen Rücken klettern. Sinopah hob den kleinen Bruder hinauf.

Pferde sind klug. Sie finden den Weg nach Hause, auch wenn keine Spur mehr im Gras zu sehen ist. Sie wissen genau, über welche Hügel sie getrabt sind, auch wenn alle Hügel ähnlich aussehen, alle Büsche sich gleichen und alle Bäche.

Das Pony schaukelte leicht beim Gehen. Kleiner Bruder klammerte sich lachend an die dicke Mähne. Sinopah wanderte neben dem Pferd. Der kleine Wolf schlich ihnen nach. Von Zeit zu Zeit fletschte er die Zähne und knurrte, dann stutzte das Pony jedes Mal und Sinopah musste es beruhigend auf den Hals klopfen.

Zuerst führte das Pony die Kinder über die von den Büffeln zertretenen Wiesen, aber bald stand das Gras hoch und dicht. Kein Büffelhuf hatte es berührt. Die langen Schatten des Ponys und der Kinder schrumpften ein und wurden kürzer. Die Mittagszeit war da.

Die Kinder wurden hungrig. Aber in der Tasche war kein Fleisch mehr. Sie hatten nun einen Wald erreicht und das Pony suchte ohne Zögern seinen Weg.

Ein kleiner See lag vor ihnen. Die Bäume standen dicht am Ufer. Auf dem klaren blauen Wasser schwamm das Spiegelbild weißer Wolken.

Wildenten mit braunen oder bunten Flügeln flüchteten ohne Eile vom Ufer fort. Ein Blaureiher verharrte reglos im Schilf.

Soyi und Kleiner Bruder glitten vom Rücken des Ponys. Sinopah schlang die Leine um einen Stamm.

Seine Schwester schaute auf den See. Nichts wäre schöner, als darin umherzuschwimmen. Sie hieß nicht umsonst „Sie-läuft-ins-Wasser“. Als sie die Mokassins auszog und ins Wasser waten wollte, hielt Sinopah sie zurück. „Soyi“, sagte er, „du musst jetzt Holz suchen und ein Feuer machen.“

Sinopah und Kleiner Bruder gingen in den Wald, um ein Kaninchen zu fangen. Kleiner Bruder stapfte schweigend hinter Sinopah her. Dornenranken und Gestrüpp umwucherten gestürzte Stämme. Selbst am hellen Mittag war hier das Licht kühl und dämmrig. Hoch oben hämmerte ein Specht. Tauben gurrten und die Schreie der Häher klangen, als lachten sie sich gegenseitig aus.

Die Stimmen der Vögel störten die große Stille des Waldes nicht. Sinopah lauschte und schaute, ob nicht irgendwo ein Kaninchen umherhoppelte. Plötzlich hörte er ein klägliches Geheul.

Kleiner Bruder drückte sich an Sinopah. Der kleine Wolf heulte und das Pony wieherte.

Sinopah erstarrte.

Manchmal trollten sich alte braune Bären durch den Wald. Sie waren so mürrisch geworden, dass sie über alles in Wut gerieten, was ihnen begegnete. Man musste ihnen schleunigst aus dem Weg gehen.

Sah man sie aber zu spät, dann … Sinopah wollte nicht daran denken! Vielleicht war ein alter mürrischer Bär an den See gekommen!

Sinopah und Kleiner Bruder rannten zurück. Der See lag ruhig vor ihnen. Das Pony graste friedlich. Unter den Bäumen hatte Soyi einen Haufen Reisig zusammengetragen. Auf dem Wasser gründelten Enten. Nur der kleine Wolf lief am Ufer hin und her und jammerte.

„Soyi!“, rief Sinopah.

Niemand antwortete. Im See spiegelten sich nicht mehr die weißen Wolken. Eine große dunkle Wolke wuchs am Himmel.

„Soyi“, rief Sinopah. Und noch einmal: „Soyi …!“

„Hier bin ich“, hörte er die Stimme der Schwester. „Du hast mich nicht gesehen!“ Auf einer Schilfinsel im Wasser schwankte das Rohr, Blätter raschelten. Soyi tauchte auf, triefend nass und lachend.

Mit einem Satz sprang der kleine Wolf ins Wasser.

„Halt ihn!“, rief Soyi.

„Ein Wolf geht nicht unter“, sagte Sinopah.

Soyi fischte den Wolf auf und watete ans Ufer. „Er hat geglaubt, dass ich fort bin“, sagte sie. „Hast du gehört, wie er heulte? Und ich bin doch nur untergetaucht …“

Die tropfnasse Soyi drückte den Wolf an sich und der Wolf fuhr mit der Schnauze in ihr Gesicht.

Sinopah wollte der Schwester sagen, dass sie besser daran getan hätte, das Feuer anzuzünden und ihn nicht bei der Jagd zu stören. Aber er schwieg.

Gestern erst war das Wolfsjunge der Schwester zugelaufen. Gestern Abend hatte Soyi es zum ersten Mal gefüttert, als es hungrig und verlassen gewesen war. Und nun wollte das Wolfsjunge nicht mehr von Soyi fort. Es hatte jämmerlich geheult, als Soyi im Wasser verschwunden war.

Sinopah wünschte, das Pony sollte zu ihm kommen wie das Wolfsjunge zu der Schwester. Aber das Pony gehörte nicht ihm, es gehörte dem alten Mann. Sinopah nahm seinen Bogen. Er wollte lieber nicht daran denken. Es war auch Zeit, dass er eine Ente oder ein Kaninchen jagte, damit sich alle satt essen konnten.

Die Zweige der Bäume, bisher so reglos im heißen Mittag, begannen zu rauschen. Der See kräuselte sich. Die dunkle Wolke hatte sich fast über den ganzen Himmel gewälzt. Der Wind war aufgewacht. Das Wasser war grau wie der Himmel.

Sinopah wusste: Es wird regnen, ein Sturm wird kommen. Er musste sich beeilen.

Als er das Ufer entlanggehen wollte, sah er zwischen den Stämmen den alten Mann.

Der alte Mann stand still und ging nicht weiter, als fürchte er, die Kinder würden schreien und vor ihm davonlaufen. Er wartete ruhig.

Das Pony wieherte.

Kleiner Bruder versteckte sich hinter einem dicken Stamm. Ein-, zweimal wandte er den Kopf zu dem fremden Mann und schaute schnell wieder weg. Der alte Mann trat zu dem Pony und streichelte es. Kleiner Bruder lief zu ihm. Der alte Mann lächelte. „Kommt!", rief er.

Und Soyi folgte mit dem Wolf in den Armen dem kleinen Bruder.

Sehr langsam ging auch Sinopah näher. Er sprach kein Wort, er lachte nicht wie Soyi und Kleiner Bruder. Er sah den alten Mann an und der alte Mann sah ihn an.

Sinopah vergaß seinen Kummer und alle geheimen Ängste. Der alte Mann war gekommen, sie heimzuholen.

Im Zelt des alten Mannes

Der Präriesturm fegte durch den Wald, bog die Äste und Stämme, dass sie ächzend sangen und klagten unter seiner Gewalt. Der Nachmittag war dunkel wie der Abend. Die Wolken hingen tief vom Himmel. Klatschend schlug der Regen auf das Zelt.

Im Zelt war es warm. Die Kinder kauerten neben dem Feuer und aßen sich satt. Der kleine Wolf schlief. Soyis nasses Kleid war schon wieder trocken.

Sogar das Pony hatte Platz in einem Winkel des Zeltes gefunden. So groß war das Zelt. An den Wänden hingen Matten. Am Boden lagen Lederkissen, Felle und duftende Wacholderzweige.

Kleiner Bruder blinzelte schläfrig in die gelben und roten Flammen.

Zwischen Sinopah und Soyi saß der alte Mann. Er hieß Weiße Wolke. Das ist ein schöner Name, dachte Sinopah.

Sie hatten von dem kleinen See zu dem Zelt im Wald nicht weit gehen müssen. So nahe waren sie dem Lager gewesen und hatten es nicht gewusst.

„Gestern Nachmittag", erzählte Weiße Wolke, „suchte ich vergeblich mein Pferd. Eure Eltern kamen und fragten: ‚Wo sind unsere Kinder?' Die Mutter, der Vater und viele Männer aus dem Lager ritten in die Prärie. Die wandernden Büffel hatten aber alle Spuren ausgelöscht. Keiner fand euch. Heute dachte ich daran, dass mein Pony schon oft zum See gelaufen ist. Da ging ich hin und sah euch und das Pony."

Soyi seufzte glücklich. Sie hatte nicht verstanden, wie verlassen sie in der Prärie gewesen waren. Sie hatten sich ein Nest gebaut und sie hatte den kleinen Wolf gefunden. Doch jetzt war es gut, im Zelt des alten Mannes zu sitzen. Allein im Wald, in Regen und Sturm, hätten Soyi und Kleiner Bruder sich gefürchtet.

Kleiner Bruder war eingeschlummert. Soyi drückte den Wolf an sich und schlief ein. Das Klopfen des Regens auf den Zeltwänden machte auch Sinopah schläfrig.

„Du wolltest mir mein Pony wiederbringen", sagte der alte Mann. „Warum ist es fortgelaufen, Sinopah?"

„Es hat sich losgerissen", murmelte Sinopah, „ein Wolf hat es erschreckt." Er fühlte sich sehr unbehaglich. Er konnte dem alten Mann nicht sagen: „Ich wollte, ich hätte die Geschichte vom Geistermann nie erzählt." Er konnte es nicht sagen, so wenig, wie er eingestehen konnte, dass er das Pony losgebunden hatte. Er schloss die Augen.

Als sein Vater ins Zelt kam und ihn in die Arme nahm, schmiegte er sich an ihn und wachte nicht richtig auf. Der Sturm hatte aufgehört und Vater und Mutter ritten mit ihren Kindern in den Armen heim zum Lager am Bach.

Das Geschenk des alten Mannes

Am nächsten Morgen schliefen die Kinder länger als sonst. Der Vater war nicht auf die Jagd geritten, er wollte bei Sinopah, Soyi und Kleiner Bruder bleiben.

„Wir haben unsere Kinder wieder“, sagte die Mutter.

Als Sinopah die Augen öffnete, war das Zelt voller Sonnenlicht. Der Vater hatte die Eingangsdecke zurückgeschlagen. Noch war der Morgen taufrisch. In der Mähne des weißen scheckigen Pferdes hatten sich ein paar Tropfen aus den Büschen gefangen und fielen zu Boden, als es sich schüttelte. Es wieherte ungeduldig.

Sinopah richtete sich auf. Das Pony klopfte mit dem Vorderhuf auf die Erde. Es wollte, dass der Junge endlich zu ihm kam.

Sinopah fuhr sich mit der Hand über die Augen. Er hatte geträumt. Im Traum war er auf dem Rücken des Ponys über die Wiesen geritten.

„Geh zu ihm“, sagte der Vater, „du musst nun für das Pony sorgen. Es ist dein Pony. So will es Weiße Wolke.“

Sinopah stand auf. Er trat vor das Zelt. Das Pferd trug ein schön gesticktes Halsband. Sinopah legte die Hände auf die weichen Nüstern.

Seine Freunde kamen herbeigelaufen und bewunderten das Pony. Sinopah hätte glücklich sein sollen. Aber seltsamerweise war er nicht glücklich. Er streichelte das Pferd und führte es zur Tränke, aber er ritt nicht auf seinem Rücken durch das Lager.

Soyi, mitten in einer großen Kinderschar, hörte nicht auf, immer wieder ihre Abenteuer zu erzählen. Sinopah erzählte nichts, und als es Mittag wurde, aß er nur wenig.

Die Mutter blickte Sinopah an und sagte sich: „Soyi ist noch zu klein. Sie hat nichts verstanden. Sinopah musste die Verantwortung allein tragen, für Soyi und Kleiner Bruder und das Pony. Jetzt ist er noch immer erschöpft …"

Sie fuhr ihm über das schwarze Haar und sagte: „Mein tapferer Kleiner Fuchs!"

Auch der Vater lobte ihn. Sinopah konnte sich darüber nicht freuen. Es machte ihn traurig. Er wusste jetzt auch, dass er schon lange traurig war. Seit jenem Mittag, als er, oben im Baum versteckt, gesehen hatte, wie der alte Mann den Waschbären fütterte, die Vögel lockte und das Pony streichelte.

Die Mutter sollte nicht sagen, dass er, Sinopah, tapfer sei. Er war nicht tapfer. Sonst würde er ihr und dem Vater alles erzählen. Aber es ging nicht. Die wahren Worte blieben ihm gewiss in der Kehle stecken und nur falsche kämen heraus. Es war besser, er schwieg.

„Ich habe das Pony losgebunden", hätte er eingestehen sollen. „Auf der Wiese bin ich vor dem alten Mann davongelaufen, weil ich mich fürchtete. Und dann hatte ich Angst zu sagen, dass ich mich gefürchtet hatte. Da sagte ich, es sei ein Geistermann gewesen ..."

Die Kinder waren in das Dorf der Kleinen Leute gelaufen. Soyi und Kleiner Bruder saßen vor ihrem Zelt und Soyi erzählte den Kleinen Leuten, ihren Puppen: „... so viele Büffel kamen. Zehn und zehn und zehn und noch mehr ... Ganz groß war der Mond, so groß ..."

Sinopah führte das Pony auf die Weide. Auf der Wiese waren sie allein. Versteckt hinter Weidensträuchern rann der Bach. Man hörte die Stimmen der spielenden Kinder nicht. Halme und Blumen glänzten, gewaschen vom Regen.

Das Pony begann zu weiden. Sinopah hockte im Gras. Es wurde Nachmittag. Das Pony kam zu ihm und blieb bei ihm stehen. „Ich mag dich nicht mehr“, sagte er, „ich will dich nicht haben.“

Er nahm die Leine in die Hand und führte das Pony in den Wald.

Sinopah sah sich nicht um. Einmal wieherte das Pony und das mochte er gar nicht hören. Am liebsten hätte er sich die Finger in die Ohren gestopft, um das leichte Schnauben und das leichte Trappen der Hufe nicht zu hören.

Der alte Mann war nicht in seinem Zelt und nicht auf der Lichtung. Sinopah war froh, dass er nicht hier war. Er band die Leine an eine der Zeltstangen und wollte fortgehen, als jemand seinen Namen rief.

Der alte Mann kam aus dem Wald und fasste Sinopah an der Hand, bevor er weglaufen konnte. „Ich habe dir das Pony geschenkt“, sagte er.

Sinopah starrte auf den Boden.

„Willst du es nicht haben?“, fragte der alte Mann. Sinopah schwieg.

„Magst du das Pony nicht?“

„Nein“, sagte Sinopah.

„Ich glaubte“, sagte der alte Mann, „dass du mein Pony gern hast. Aber wenn das nicht so ist, muss es wohl bei mir bleiben. Das ist traurig. Ich bin ein alter Mann und mein Pony ist jung. Es will über die Wiesen traben und es will nicht stillstehen beim Zelt eines alten Mannes. Es ist ein Pony für einen Jungen.“

Sinopah warf einen verstohlenen Blick auf das Pony. Es war wirklich ein Pony für einen Jungen. Es konnte nicht stillstehen. Es scharrte mit den Vorderhufen und schüttelte die Mähne. Sinopah wünschte, noch einmal seine Hand in die dicke Mähne zu graben. Und da stand er schon neben dem Pony und grub seine Hand in die Mähne.

Und dann wollte er rufen: „Pony, du bist mein Pony! Ich will kein anderes Pferd haben. Ich will nur dich haben."

Das wollte er sagen. Aber stattdessen erzählte er dem alten Mann alles. Die richtigen Worte kamen auf seine Lippen und kein einziges falsches. Und als er das getan hatte, war er nicht mehr traurig.

Er freute sich, dass der Vater ihn gelobt hatte. Er freute sich, dass er tapfer gewesen war, als er sich mit Soyi und Kleiner Bruder in der Prärie verirrt hatte.

Der alte Mann sagte: „Ich bin froh!" Sicher sagte er es deshalb, weil er jetzt wusste, warum die Kinder vor ihm davongerannt waren.

„Ich bin froh", sagte Weiße Wolke noch einmal, „dass mein Pony nun dein Pony ist." Und er band das Pony los und drückte Sinopah die Leine in die Hand.

Das Pony trabte durch den Wald. Das Pony mit Sinopah auf dem Rücken trabte in die blühende Wiese hinein. Über den Grashügel kamen Soyi, Kleiner Bruder, der Wolf und alle Kinder.

Soyi rief: „Der Vater sagt, Weiße Wolke soll sein Zelt in unserem Lager aufstellen."

„Ja", riefen alle Kinder, „er soll sein Zelt in unserem Lager aufstellen!"

Sinopah saß oben auf seinem Pony. Die Köpfe seiner Freunde reichten ihm nur bis zu den Knien. Er schaute auf sie hinab. „Ich war es, der Weiße Wolke im Wald gefunden hat", sagte er. „Mir hat er sein Pony geschenkt."

Und er musste hinzufügen, er konnte einfach nicht anders: „Und nun wird er mein Großvater! So ist es!"

Umschlagillustration: Astrid Krömer
Umschlaggestaltung: Uwe Stohrer, Freiburg

www.kerle.de
Satz: Barbara Herrmann, Freiburg
Druck und Bindung: fgb · freiburger graphische betriebe 2004
www.fgb.de
ISBN 3-451-70547-8